江苏省诗词协会 编

江海诗词双年选

（2020—2021）

江苏大学出版社
JIANGSU UNIVERSITY PRESS
镇 江

图书在版编目(CIP)数据

江海诗词双年选：2020－2021／江苏省诗词协会编
．—镇江：江苏大学出版社，2022.12
ISBN 978-7-5684-1879-9

Ⅰ.①江… Ⅱ.①江… Ⅲ.①诗词—作品集—中国—现代②诗词—作品集—中国—当代Ⅳ.①I226

中国版本图书馆 CIP 数据核字(2022)第 227601 号

江海诗词双年选(2020—2021)
Jianghai Shici Shuang Nian Xuan(2020—2021)

编　　者/江苏省诗词协会
责任编辑/宋燕敏
出版发行/江苏大学出版社
地　　址/江苏省镇江市京口区学府路 301 号(邮编：212013)
电　　话/0511-84446464(传真)
网　　址/http：//press.ujs.edu.cn
排　　版/镇江文苑制版印刷有限责任公司
印　　刷/江苏凤凰数码印务有限公司
开　　本/718mm×1 000mm　1/16
印　　张/21
字　　数/220 千字
版　　次/2022 年 12 月第 1 版
印　　次/2022 年 12 月第 1 次印刷
书　　号/ISBN 978-7-5684-1879-9
定　　价/80.00 元

序

盛克勤

文章合为时而著，歌诗合为事而作。《江海诗词双年选（2020—2021）》，经初选、复选和精选终于面世了。江苏省诗词协会自2019年换届以来，按照蒋定之会长“讲团结，守规矩，能干事”的总体要求，拓展平台建设，扩大专业影响，搞好组织服务。作为业务平台建设的主要阵地和重要窗口，《江海诗词》（通讯）、《江海诗词》（公众号）、《诗天下》（《凤凰资讯报》专版），形成了线上线下“三驾马车”相互融合、相互促进的融媒体格局，刊发了许多优秀诗词作品。

换届后，《江海诗词》（通讯）在普及的同时，注重提高，积极在栏目建设上下功夫，开辟“叩史遗珍”栏目，发表“五四”以来新文学大家鲁迅、叶圣陶、郁达夫、闻一多等人诗词作品专辑，促进新文学与当代诗词写作的融合。增设“风雅古今”栏目，辑发叶文福、旭宇、唐晓渡、刘川等新诗名家的旧体诗，鼓励新文学工作者参与旧体诗词写作，增进新旧诗写作者之间的交流。提升“大雅方家”“逸响遗音”栏目等品质，刊登马识途、叶嘉莹、程千帆、高二适等诗词名家作品小辑，对诗人词家和广大读者发挥示范引导作用。传承“诗书同源”的中华优秀文化，增加“诗书”互动版面和插页，得到沈鹏、孙晓云、言恭达等书法名家的大力支持。增设“译诗”栏目，将当代外国诗歌译成白话诗，再译成多种形式的古典诗词作品，促进中外汉诗交流，向现代文坛宣示现代汉诗在国际交流中的地位。联合《江苏教育报》开辟“诗教园地”，着力发现、培养青少年诗词爱好者。

2020 年 12 月开办《江海诗词》（公众号），立足江苏，面向全国，坚持正确的政治导向，着力打造成中华诗词创作宣传基地、诗人词家交流展示基地、青年诗人培养基地、《江海诗词》（通讯）选稿基地。2021 年 3 月江苏省诗词协会与《凤凰资讯报·天下美篇》共同创建了报纸周刊《诗天下》，以“短平快”的形式及时呈现当下诗词写作亮点，关注热点，注重民生。坚持“高起点、高品位、高速度”，跻身国内公开发行诗词报刊之林，特别是“建党百年”“神舟飞天”和“诗援战‘疫’”等重大题材的宣传，推动了品牌建设。在选稿时坚持眼睛向下，贴近生活，影响日著。

为更好积累诗词文化资源，推动与繁荣江苏诗词创作，江苏省诗词协会将2020和2021双年度优秀诗词作品，汇编成《江海诗词双年选（2020—2021）》。《江海诗词》坚持文选意识、文学情怀，坚持文本第一，精选佳作，以提高推动普及，从历史走向未来。把握大方向，拥抱大时代，胸怀大格局，体现大修为。期望平台团队再接再厉，多结硕果。江苏是诗词大省，历史悠久，巨匠迭出，灿若星河。吴风汉韵、唐法宋意滋养了一代又一代诗人词家，期待此选本的推出，能够为传承优秀传统、守正创新、建设诗词强省做出应有贡献。

是为序。

目录

2020年《江海诗词》通讯（75首）

2020年第一期：22首

2020 年第二期：17 首

2020 年第三期：13 首

2020 年第四期：22 首

2021 年《江海诗词》通讯（117 首）

2021 年第一期：21 首

2021 年第二期：32 首

2021 年第三期：24 首

2021 年第四期：35 首

2021 年《江海诗词》公众号 (66 首)

2021 年《诗天下》诗词（48 首）

2020年《江海诗词》通讯（75首）

2020 年第一期：22 首

别诸弟三首

鲁　迅（1881—1936）

谋生无奈日奔驰，
有弟偏教各别离。
最是令人凄绝处，
孤檠长夜雨来时。

还家未久又离家，
日暮新愁分外加。
夹道万株杨柳树，
望中都化断肠花。

从来一别又经年，
万里长风送客船。
我有一言应记取：
文章得失不由天。

秋夜有感（1934年）

鲁　迅（1881—1936）

绮罗幕后送飞光，
柏栗丛边作道场。
望帝终教芳草变，
迷阳聊饰大田荒。
何来酪果供千佛，
难得莲花似六郎。
中夜鸡鸣风雨集，
起然烟卷觉新凉。

满江红·题冬日钟山

蒋定之

冬到钟山，空野上，又飞初雪。
芳草去，冷枝残叶，野亭静绝。
一陌行人田舍处，岭南山早梅花叠。
香气袭，有石径通幽，和君别。

尊前曲，风月榭。
神道上，翁仲列。
故人不见了，都已了却。
莫道西风萧瑟瑟，阳关一曲千腔血。
景无限，几度夕阳红，明年约。

在大战大考面前

方祖岐

忽降奇疴病毒扬，
疫情突发问苍茫。
中央决策全民战，
三镇会师总体防。
天使丰功青史记，
人间绝唱咏流芳。
但闻举世同声赞，
大考中华惊四方。

赞抗疫逆行英雄

朱文泉

荆楚瘴烟遮月华，
他乡征战已为家。
大军指处魔关破，
热血浇开十万花。

浪淘沙·愿心

盛克勤

明灭是灯花。
咫尺天涯。
迎春罕见少喧哗。
户户闭门因毒疫，暂且居家。

履险乱如麻。
逆旅频加。
齐心防疫护中华。
共举楚天同国运，依旧芳霞。

西津渡

范诗银

昆仑云影挂高亭，
一派秋江万里横。
莫说瓜洲星火老，
算山无语总多情。

新荷叶·修水之咸菊绿茶

范诗银

衔露南山，秋馨不负花黄。
裁玉东溟，春晶犹记云长。
清明过了，谁还忆、翠袖红裳。
心泉情釜，笑眉秀口柔肠。

钧担轻蹄，月弯挂住行囊。
孤胆沉肩，异乡又是他乡。
一杯在手，早忘却、世态炎凉。
千山万水，任它烟雨苍茫。

满江红·白衣天使出征

言恭达

含月衔星，忠诚载，今宵挥别。
战瘴疠，霄天义贯，壮行声烈。
云逐惊雷驱魍魉，风扬赤帜倾心血。
立中流，洒泪掬寒香，长空咽。

除灾疫，情犹切。
保家国，志如铁。
看红妆重整，凛然霜雪。
披甲木兰纾国难，慈怀天使亲民悦。
智勇仁，天佑大中华，多豪杰。

八声甘州·不药得中医

子　川

恨新冠肆虐锁江城，隔离误归期。
念故人良友，参商不见，两岸龟蛇。
病急更兼人众，不药得中医。
共筑方舟渡，捕捉妖魑。

礼敬中华传统，在驱邪固本，未病先移。
惜年来荒废，国学屡遭疑。
觅几枝、嘉禾朱草，理肺汤、一剂化诸悲。
争知道、于无方处，促我深思。

水调歌头·次湖北罗辉会长韵并寄武汉

胡　彭

大疫无高下，俱是个中人。
更兼举国呼唤，动静见良心。
万里驰援艰险，众志抗争病患，歌泣鬼和神。
也欲趋前问，恨不有分身。

汉江畔，杨柳岸，慰言亲。
殷勤嘱咐尔我，谨慎闭家门。
经此救灾救苦，不止炼心炼骨，亦可炼诗魂。
待到城开日，杯酒约佳辰。

鹧鸪天·元夕（四阕其三）

石任之

持卷逍遥地上仙。
神荼写就护人间。
梅因诗句频传语，
玉在衣裳与辟寒。

除荐酒，更烹鲜。
厨中呼煮小团团。
罢书片晌成风味，
明日春归恣意看。

西　湖

钟振振

四时花气酿西湖，
细雨噙香淡若无。
一似春宵少女梦，
最温馨处总模糊。

己亥秋兴八首（其一）

王志清

秋兴非纾子美忧，
逸怀放踵信天游。
登高绿嶂眼中尽，
解闷澄江心底流。
但到知书徒恨浅，
方才识世即关愁。
升沉荣辱毋须问，
霜自多情白我头。

沁园春·战“疫”天使
（步蒋定之会长韵）

杨学军

新岁初来，毒漫江城，壮士请缨。
赴前方哨位，豪情如注，白衣天使，热血充盈。
斗恶救难，不辞时日，气闷娇颜已变形。
应夸赞，俱英雄豪杰，何畏牺牲。

史书堪录兹行。
叹无影灯悬映死生。
是火神给力，方舱解困，南山开窍，继先忠诚。
断发披旌，逆行冲杀，敢以身家换太平。
追穷寇，待狂魔消退，玉宇重清。

浣溪沙·秋水

赵克舜

波意粼粼秋满溪。
兰舟今发过云西。
小桥月色夜迟迟。

曲折原因情未了，
浅深只有草先知。
丁零应是客归时。

瞻惠州西湖东坡塑像
用杜少陵《蜀相》韵

荀德麟

坡仙形象不须寻，
特立湖山万木森。
风雨平生无挂碍，
时宜不合有知音。
九州足迹山连水，
千古文章手写心。
穷达掀髯谈笑里，
逸才谁似此胸襟！

赞白衣天使抗疫
（步朱文泉先生原韵）

袁裕陵

彼苍默佑大中华，
百族九州原一家。
妙手仁心驱二竖，
杏林催发报春花！

注：“彼苍默佑”，典出《诗经·黄鸟》。

水龙吟·己亥除夕有怀

陈克年

银屏歌舞阑珊处，掀起几番春浪。
新年却是，封城防疫，人心惆怅。
一念须臾，奈何慌乱，应多思量。
毕竟我同胞，愁怀情切，同携手，消灾瘴。

意绪随机飘荡。
念谁来，逆行相向。
无忧生死，丹诚相许，平添悲壮。
橘井泉香，巷中风暖，陌头花放。
愿黎民有幸，寻常岁月，山河无恙。

落花诗

吴雨辰

细验春风总不如，
生涯结梦在空虚。
离枝辞叶诸天外，
坠溷飘茵小劫余。

耆年感怀

（中国香港）欧阳钟室

隐约浮生寄客篱，
白驹过隙换干支。
雪芹寥感红楼梦，
僧道释迷白玉痴。
向使肢腰缠万贯，
无非肚腹解三饥。
君询老朽何斯乐？
凭寄桑榆一掘诗。

画堂春·澳洲和谐日诗画表演

（澳大利亚）丁继开

湖光柳影抱亭轩。
文人雅聚谊园。
和谐吉日颂邦联。
文化多元。

书画诗词同献，
诵吟双语佳篇。
挥毫泼墨赠珍言。
谐美南天。

2020年第二期：17首

辛卯广州端午

陈寅恪（1890—1969）

菖蒲似剑还生绿，
艾叶如旗不闪红。
唯有沉湘哀郢泪，
弥天梅雨却相同。

吴氏园海棠

陈寅恪（1890—1969）

无风无雨送残春，
一角园林独怆神。
读史早知今日事，
看花犹是去年人。
梦回锦里愁如海，
酒醒黄州雪作尘。
闻道通明同换劫，
绿章谁省泪沾襟。

重九日作

陈寅恪（1890—1969）

错认穷秋是晚春，
重阳风雨送萧晨。
黄花不见何由采，
空负东篱自在身。

生涯（1943年）

叶嘉莹

日月等双箭，
生涯未可知。
甘为夸父死，
敢笑鲁阳痴。
眼底空花梦，
天边残照词。
前溪有流水，
说与定相思。

鹧鸪天·用友人韵
（1967年哈佛作）

叶嘉莹

寒人新霜夜夜华。
艳添秋树作春花。
眼前节物如相识，
梦里乡关路正赊。

从去国，倍思家。
归耕何地植桑麻。
廿年我已飘零惯，
如此生涯未有涯。

蝶恋花（1983 年）

叶嘉莹

爱向高楼凝望眼。
海阔天遥，一片沧波远。
仿佛神山如可见。
孤帆便拟追寻遍。

明月多情来枕畔。
九畹滋兰，难忘芳菲愿。
消息故园春意晚。
花期日日心头算。

悼念凌启鸿会长

范诗银

几摞新书几叠衣，
先生远足未相辞。
长风白鹤应堪驾，
中稻黄花了不知。
朗朗校园含泪影，
行行家国壮怀诗。
八年多少真情句，
题上高桅韵字旗。

悼念凌启鸿会长

刘庆霖

凌云起处是人间，
留得光风远翥篇。
曾抱诗心培水稻，
旋将农学启吟坛。
雪泥鸿爪深深迹，
秋月春花淡淡缘。
知尔归途自有翼，
不劳鹤羽到西天。

斗疫魔

张承安

庚子鼠成妖，
荆门起毒潮。
龟蛇徒饮泣，
雷火怒冲霄。
铸就平戎剑，
撑开扫黑笤。
一腔天使血，
挺直万民腰。

南京浦口水墨大埝

林　峰

朦胧天色涌青岚，
水上鸥浮村两三。
爱此风光如故友，
画中流出小江南。

沁园春·看深圳崛起感怀

程越华

晦养千年，运转今朝，梦起何时？
若春雷惊蛰，春风破笋；锦云出岫，锦缋成衣。
谁问苍凉，谁怜汗泪？只道称雄众叹奇。
思来路，幸能从大局，敢试先机。

不须玉管生辉。
但植得、梧桐鸾凤栖。
令滩涂滩碛，眉扬气吐；鹏城鹏岛，实至名归。
手上蓝图，肩头使命，无例遵循自为师。
又春也，愿春天故事，举世皆知。

观懒悟上人画展二首（其一）

谷　卿

一点心灯赖吾传，
肯将剩墨补天然。
洪炉合炼三家义，
诗偈吟成秋水篇。

满江红·战江城

闵凡军

黄鹤归来，江城过，心难将息。
抬眼望，绿洲鹦鹉，空无人迹。
江水滔滔飞浪去，霓虹淡淡阴霾袭。
待夜深，听苦雨凄风，疫情急。

青囊在，当修职。
闻战令，情洋溢。
愿别家纾难，袪除顽敌。
杨柳岸边舟马慢，病房灯下挥刀疾。
待明日，看水绿山青，芳洲碧。

再次睡公韵时夜有雨

顾从山

几曾心迹近周南，
潢潦无根意尚耽。
纨扇秋来歌舞尽，
华堂烛灭酒尊贪。
一川逝水波方去，
十万空花影自参。
镏火渺然诗句外，
浇人苦雨宁其堪。

丁酉生辰自题

白　露

无官三十负明时，
壮不如人老可知。
衰谢都非今日始，
蹉跎犹记昔年迟。
营巢聊可成中隐，
处世仍须作大痴。
幼子在怀妻在侧，
茫茫底处辨欢悲。

九日读杜陵、简斋诗

张子璇

尘霾扑地暮云黄，
销尽藤萝架上香。
一谪五年悲老木，
两开丛菊记重阳。
烟花乍破知无命，
木槿将颓信有霜。
中隐逐臣泥淖里，
何妨吟咏立苍茫。

庚子立春

蒋光年

玉笛梅花哀怨多，
谪仙怅恨复如何？
白蘋洲上宜高咏，
黄鹤楼头好放歌。
如雪诗联飘武汉，
似神雷火掣江河。
荡平污秽与时疫，
定使春风漾碧波。

2020 年第三期：13 首

矫毅为余治三印作此酬之

叶圣陶（1894—1988）

去岁五月返苏州，
小印颁自燕瓦楼。
正愧申谢书未修，
复得二章豁双眸。
深凿细雕无不遒，
如闻奏刀风飕飕。
方正严谨意绸缪，
气度直追汉法优。
所惜吾作俱恒流，
钤用佳章只自羞。
譬诸花上丑女头，
清扬婉兮哪可求？

高阳台·题姚雪垠半身照片以为酬答

叶圣陶（1894—1988）

以香山小憩照片赠雪垠先生，承题一律并贻半身小影，览之喜极，因填《高阳台》一首，以为酬答。

奋笔雄怀，论文妙绪，好音数度欣承。
酝酿长篇，夏冬无间神凝。
闯王始末完篇日，待赓书天国金陵。
选题材、唯欲攻坚，功力能胜。

影中头白犹方壮，看炯然双眼，英气眉棱。
想望勤劳，耽闲吾愧填膺。
汉皋京市殊非远，盼甚时把晤良朋。
定相将，叙昔谈今，意兴云蒸。

车到柳州

刘　章（1939—2020）

车笛声声出画廊，
柳州山色入诗行。
抬头又见家乡月，
淡淡娥眉照晓窗。

京都夜梦

刘　章（1939—2020）

繁花都落尽，
青杏枝头小。
夜梦忽还乡，
人瘦春蚕老。

颂《民法典》

江建平

社会良方可赋能，
民循秩序法公平。
问经哪得清如许，
为有典章情理明。

退休生活

仇中文

物换星移秋几度，
冰壶自抱远繁华。
朝听婉转林间鸟，
暮眺鲜妍岭上霞。
常枕诗书欣得句，
偶挥笔墨漫涂鸦。
一瓢弱水平生足，
清静庭除扫落花。

登西塞山

杨逸明

千秋故垒一登临，
揽胜何辞汗湿襟。
江水急弯成直角，
山亭环望作圆心。
人须有鉴常怀古，
天却无言已到今。
骚客尚存兴废感，
来寻铁锁久沉吟。

西江月·回乡所见

刘能英

归路一窗晴色，
沿途四望秋禾。
夕阳无挂坠山坡，
溅起人间烟火。

抱个孙儿喂食，
叼根烟斗编蓑。
阿公软语告阿婆：
看下新闻联播。

武威葡萄酒

赵宝海

根脉虬深扎汉唐，
葡萄果塔挂西凉。
拓丝绸路绿洲美，
酿草龙珠红露香。
酒献侯门官刺史，
诏传宫阙醉文皇。
夜光杯里祁连月，
不尽琼浆今古尝。

注：葡萄别名草龙珠；东汉孟佗献葡萄酒十斛于列侯张让，得任凉州刺史；三国魏文帝曹丕（谥号“文”）喜喝凉州葡萄酒，颁《凉州葡萄诏》。

乡村即事

曹茂良

半空霞绮独登台，
人眼平畴胜剪裁。
南亩人稀金粟涌，
东风日暖画屏开。
抚今岁月真堪羡，
忆昔桑麻究可哀。
邻老倾壶陈契阔，
酡然燕笑北方来。

无 题

刘家魁

莲花开未了，
风雨便相摧。
谁送春归去？
不迎秋自来。
莫忧明日事，
且尽眼前杯。
梦里无霜雪，
梅桃一并开。

题五十年前战友戎装照

赵锡红

青葱意气未曾删，
冷月犹衔甲帐环。
戈壁飞沙迷鸟迹，
昆仑卷雪壮雄关。
巡天七魄刀难钝，
刻骨三生弓更弯。
正嵌初心新句里，
胡杨一梦绕家山。

行香子·忆春游

王绪强

翠掩龙山，岚卷松深。
青英漫道暖盈襟。
春衫丽影，倚尽寒沉。
爱路边花，亭前鹤，雾中林。

老来拾味，他年寻梦，旧情更惜人人心。
别思离绪，爵酒长吟。
念一山云，一轮月，一知音。

2020 年第四期：22 首

满江红·三百年来

郁达夫（1896—1945）

福州于山戚武毅公祠新修落成，于社同人广征纪念文字，为填一阕，用岳武穆公原韵。

三百年来，我华夏、威风久歇。
有几个，如公成就，丰功伟烈。
拔剑光寒倭寇胆，拨云手指天心月。
到于今，遗饼纪东征，民怀切。

会稽耻，终须雪。
楚三户，教秦灭。
愿英灵，永保金瓯无缺。
台畔班师酣醉石，亭边思子悲啼血。
向长空，洒泪酹千杯，蓬莱阙。

原注：民间流行之光饼，即戚继光平倭寇时制以代糇粮者。

乱离杂诗

郁达夫（1896—1945）

草木风声势未安，
孤舟惶恐再经滩。
地名末旦埋踪易，
楫指中流转道难。
天意似将颁大任，
微躯何厌忍饥寒。
长歌正气重来读，
我比前贤路已宽。

看 山

周退密（1914—2020）

山石嶙峋草木肥，
攀藤扪葛绿霏微。
今朝初得看山诀，
静里峰峦势欲飞。

蝶恋花

周退密（1914—2020）

小苑沉沉飞柳絮。
莫问春归，但问人何许。
赢得人来天又暮。
任他门外风和雨。

别久离多愁与诉。
一刻千金，那许轻轻度。
枝上流莺啼不住。
知他不带人归去。

念奴娇

马识途

出生入死，三十年，多少峥嵘岁月。
剑影刀光犹耀眼，骏马冲锋嘚嘚。
江汉狂澜，滇池豪雨，脚踏剑门雪。
红旗如画，几多烈士鲜血。

革命尚未成功，列强虎视，金瓯东南缺。
万里长征才一步，何敢中途停歇。
云拥亚洲，风生非陆，正雷鸣南越。
怒挥长剑，害虫寰宇尽灭。

沁园春·中华诗词学会重庆诗会

马识途

一九九六年十月二十八日，第九届全国诗词研讨会在重庆举行，急就《沁园春》一首以博吟友一哂。

十月小阳，绚丽秋光，胜似春光。
望长江万里，奔腾浩荡，巴山红叶，烂漫飘扬。
雅士高人，渝城欢聚，把酒东篱酣菊觞。
顺流下，看山清水碧，墨舞诗狂。

休嗟往事沧桑。
且畅说诗词兴与亡。
忆吟坛冷落，骚人星散，千回百折，山远水长。
幸得峰回，花明柳暗，路出桃源春在望。
吟友辈，尽高歌猛进，再创辉煌。

拜星月慢·北斗耀寰球

方祖岐

2020 年 6 月 23 日 9 时 43 分，我国北斗 3 最后一颗全球组网卫星在西昌卫星发射场飞向太空。从 2000 年至今，我国共组织 44 次北斗发射任务，用长征三号甲系列运载火箭先后将 4 颗北斗 1 号试验卫星、55 颗北斗 2 号和北斗 3 号组网卫星送入预定轨道，逐步向全球提供导航服务。

一箭穿云，长空飞渡，北斗今朝网聚。
笑傲苍穹，人高天深处。
导航梦，廿载、呕心沥血追赶，不负中华儿女。
大地茫茫，有通联天布。

历沧桑、转瞬时光去。
争朝夕、挑战超千古。
逐梦步步登天，破难关何惧。
战高喻、似走长征路。
新人育、敢于迎风雨。
翘首望、伴月星天，听欢声笑语。

清凉山崇正书院赏月晚会得句

徐崇先

一院清凉意，
万家圆月融。
文光耀星灿，
崇正看枫红。

戊戌夏日过钓鱼城瞻石曼卿所书三世佛号

江　岚

庐陵祭文在，读罢劳梦想。
叹息石曼卿，才雄气豪爽。
在世非不偶，四十便长往。
却恨不同时，无由一瞻仰。
何幸钓鱼城，犹存三佛榜。
摩崖十二字，卓立在天壤。
风骨真颜柳，器度自开朗。
神光之所慑，断不容魍魉。
卅载护军民，终得出魔掌。
犹难救大宋，忽已成畴曩。
七百余年事，回首心惘惘。
一入芙蓉城，山水空苍莽。
留连不忍去，无那子规嚷。

杂感

郭宏之

阴霾连月起，
消息复蹉跎。
闭户求安慰，
开窗驱疫疴。
热搜真相渴，
冷静辟谣多。
珍重阳光好，
还怜影逐波。

过海陵城

施　霖

望海楼头晚棹轻，
重来青眼为谁横。
星灯四起红成阵，
烟柳千寻碧上甍。
漫遣缁尘茶底浣，
长回故事梦中倾。
晓听石巷春深处，
犹带梅园案板声。

鹧鸪天·感时

宋彩霞

大疫横行满地球。
天涯暴雨又洪流。
屋沉山压伤心碧，
舟破涛冲折翅鸥。

情惨惨，梦悠悠。
长空雁唳一声啾。
苍天不肯随人意，
辜负看花直到秋。

晨　起

宋善岭

闹铃惊觉梦中身，
时与庐州作旅人。
诗酒自深容易懒，
江湖不远竟难频。
也知往事堪娱老，
莫信闲愁可救贫。
怜我近来头白尽，
鸟鸣窗下做芳邻。

声声慢·次范诗银先生《雪后上元寄武汉诗友》韵战“疫”书怀

涂运桥

凌寒守卡，戴月披星，城封桥锁伤情。
纵使新春佳节，莫诉衷情。
江流如风婉转，是悲生、更是柔情。
男儿战“疫”，别妻离母，只有真情。

偕谁瘟神来捕，龟蛇望、愁云惨淡无情。
宁为阵前兵卒，不废豪情。
严防细查刻刻，待晨曦绘出深情。
同心圆上，警徽添，一片情。

咏白开水

丁　欣

沙溪石涧问前生，
竹露松云小聚成。
平淡一杯曾鼎沸，
空闲片刻在晶莹。
对花对月全无愧，
不酒不茶谁比清？
最是蓬窗相伴久，
枯肠滋养起春声。

赠亚格博

韩敬群

老吴的牦牛进京了。我给他写了一首诗，算是贺礼。因为有了这样好玩有趣的人和事出现在我们身边，生活好像也不那么乏味无聊了。

餐冰饮雪数星晨，
一卧高原二十春。
紫禁偶然留过影，
白云终古记前因。
浮生惯见鸡虫事，
天下岂无梦想人。
布袜青鞋归去也，
世间荣乐任逡巡。

立秋感赋

刘家魁

风风雨雨都经过，
不负夏来不负春。
覆地金黄皆血汗，
收回细细品艰辛。

一剪梅·回乡有感

窦仁彬

长忆当年桂子黄。
君住东庄。
我自西塘。
酒余歌罢上高冈。
云作衣裳。
地作胡床。

辗转归来鬓已霜。
月也微凉。
路也迷茫。
欲从别后问秋娘。
梦在潇湘。
人在何方。

梅与雪的咏叹调

祁寿星

腊月曾经相吻过，
瞬间情火漫山冈。
丹心密织红丝被，
瑞色轻铺白玉床。
不念寒冬同地久，
唯留寸意共天长。
春来散去应无憾，
未负今生爱一场。

无 题

尚秋艳

一寸相思误我深，
经年旧忆费沉吟。
压箱小字时翻捡，
半阕清词读到今。

步韵和蒋光年先生南山和园

丁小玲

叠叠层层气郁峨，
龙孙十万列岗坡。
月斜烟迴清无滓，
星澹湖澄静不波。
再起状元还醉墨，
重来李白定高歌。
怡然最是天开目，
香草幽兰信口哦。

回 乡

毛 毅

报国从戎一少年，
归来双鬓已斑然。
慈亲不见隔天地，
发小相逢越陌阡。
半世功名尘与土，
一身忠孝缺难圆。
金陵久客情何寄，
梦里依稀桑梓牵。

2021年《江海诗词》通讯（117首）

2021 年第一期：21 首

春 柳

闻一多（1899—1946）

垂柳出宫斜，
春来尽发花。
东风自相喜，
吹雪满山家。

漫 书

闻一多（1899—1946）

负笈八年不称意，
湖居二月鸟鱼亲。
采莲未异求君子，
待月真如望美人。
豪气五车追日驭，
闲情一曲拟天钧。
士行寂寞成悲壮，
过尔优游报国身。

莫愁湖海棠

郭　荦（1918—2010）

郁金堂外锦骈喧，
竞赏名姝萃一门。
贴梗添娇含宿雨，
垂丝作态媚朝暾。
游人拾翠春将老，
公子怡红梦又温。
最喜莫愁宽不妒，
妆台肯借共晨昏。

鹊桥仙·垂钓

仇中文

满川烟雨，一竿波影，
独钓黄梅季候。
银鳞跃水泛涟漪，
寄目处、天光起皱。

沧浪未染，红尘难到，
陶柳婸枝依旧。
垂纶何必问磻溪，
只做个、闲鸥盟友。

落花用听水斋旧韵

潘静如

春去王孙未可留，
翠微多事满枝头。
迮飞无术徒相忆，
入水成澜不自由。
萼尽偶来鹳鸲羽，
天低愁傍井干楼。
漫任玉斧随心斫，
百岁灵根一旦休。

鄂州出土铜镜展观后

张福有

梦里相期日夜寻，
久闻胜处此登临。
以铜为鉴知兴替，
择语成铭阅古今。
破镜重圆非戏说，
好花初放是佳音。
鄂都专著时常检，
东汉之年到吉林。

临江仙·汨罗江中华诗词高峰论坛

何　鹤

际会风云初纵目，些些细雨无妨。
重温屈子入潇湘。
方家新问道，大雅又登堂。

路漫漫其求索久，何堪迷雾茫茫。
诗人回首费思量。
悠悠千古梦，默默一条江。

鹧鸪天·秋思

何培树

蒲败枫红荷叶残。
岸边绿色意阑珊。
风吹杨柳暖阳去，
雨打芭蕉愁绪还。

斟美酒，拨琴弦。
围炉泼墨写诗篇。
今宵能御霜前冷，
何惧来年雪后寒。

菩萨蛮·秋桐

徐于斌

凤凰别后长相忆。
夜阑每共秋虫泣。
瘦却满身枝。
一庭风雨时。

兴亡安可道。
寂寞苍山老。
月色正凄凄。
吹箫还梦伊。

苏幕遮·上青藏

周啸天

及良辰，将胜友。
与子偕行，与子偕行久。
小别重逢一握手。
唐古拉山，唐古拉山口。

镜湖平，阴岭秀。
雪积云端，雪积云端厚。
好客人家处处有。
熟了青稞，熟了青稞酒。

立冬有吟

张家崇

一夜菊残银杏黄，
山川尽染白梅香。
新春藏在冬天里，
何惧风寒雪上霜。

金陵怀古之秋临凤凰台

魏艳鸣

剩有一江胜迹留，
繁华星散梦轻悠。
文章犹忆堂前燕，
台榭空闻云外愁。
且枕青山扶我醉，
欲呼白鹭伴人游。
凤鸣几度南朝寺，
风送清秋又到楼。

哈尼梯田

朱洪滔

斧凿刀雕九百旋，
弯弯绕绕入云巅。
哀牢山若无封顶，
一样拼图贴上天。

杏花村农家乐

刘 川

酒家在山里，
从未有门牌。
不费牧童指，
杏花沿路开。

期颐诗情

徐一慈

步履维艰难出户，
网缘情结遍知音。
搜肠刮肚佳词觅，
海角天涯称我心。

咏 枫

陆士伟

已知秋至苦留丹，
烟雨重重蔽远山。
一叶飘零因季老，
万枝摇曳报冬寒。
霜欺不示三分弱，
雪落犹存万态妍。
更待来年红胜火，
冲霄气势可燎原。

芦 荻

陈慧云

江边芦荻老，
鸥鹭可安家。
夜饮三分露，
朝迎一抹霞。
素秋疑负羽，
虚籁竞鸣笳。
且看如霜发，
翻成朵朵花。

浣溪沙·长江渔

杜丽霞

不见江流罟网萦。
十年禁捕正施行。
为还生态是天成。

芦荻苍苍凭鸟宿，
波涛浩浩任云停。
鱼儿跃起把船迎。

诉衷情·依蒋定之会长韵 贺《江海诗词》公众号上线

林　峰

缤纷雪舞早春时。
野色照冰姿。
掌中微风芳信，云上绿参差。

梅几点，落深卮。
醉何迟。
连宵更把，燕北江南，裁入清诗。

诉衷情·依蒋定之会长韵
贺《江海诗词》公众号上线

胡　彭

网文掌阅恰逢时。
赏尽百花姿。
云端扬子波涌，吟棹未羁迟。

数据海，智能池。
雅宜栖。
倚天搜韵，当空雕句，潇洒成诗。

诉衷情·依蒋定之会长韵
贺《江海诗词》公众号上线

丁　欣

瑶庭初启玉扉时。
梅雪斗新姿。
栏前更有江海，徙倚莫来迟。

铺凤纸，蘸龙池。
此心栖。
看霞飞去，看浪飞来，尽可裁诗。

2021 年第二期：32 首

赠丰子恺

朱自清（1898—1948）

渊渊黄叔度，
语默与时殊。
浩荡月光曲，
风华儿女图。
劳歌空自惜，
烂醉任人扶。
近闻依净土，
还忆六凡无？

赠叶圣陶

朱自清（1898—1948）

狷介不随俗，
交亲自有真。
浮沉杯酒冷，
融泄一家春。
说部声名久，
精思日月新。
付余勤拣择，
只恨屡因循。

打箭炉端午

程千帆（1913—2000）

端午春仍在，
东风竟日西。
雨疏云有态，
花发梦还迷。
年少供衰病，
才名费品题。
自怜迁客意，
于此尚盯畦。

忆　昔

沈祖棻（1909—1977）

新居途未熟，
微径记朦胧。
衣湿倾盆雨，
伞飞卷地风。
惊雷山亦震，
横潦路难通。
举首知家近，
残灯一点红。

画堂春

蒋定之

写在省诗协与《天下美篇报》开设“诗天下”诗词栏目之际，愿大雅大俗开出传承经典新境界。

江南三月万千姿。
双飞紫燕依依。
归巢新筑一声啼。
此意春知。

笑向同游话梦，
谪仙昨夜牵衣。
颠狂自称醒来迟。
执手题诗。

注：谪仙：李白。颠狂：喻指谪仙酒态。

破阵子·唱建党 100 周年

方祖岐

辟地开天壮举，沧桑百岁回眸。
万水千山行险路，难得今朝壮志酬。
相邀梦里游。

挑战频频何惧？初心不改真牛。
华夏复兴千百折，不达峰巅誓不休。
风光耀五洲。

共产党颂·为我党百年华诞而作

顾　浩

跃上珠峰。

挥起椽笔，也难赋、万众衷情！

不忘百年之前，正是九州遭殃，南湖轩腾大救星！

鏖战廿八载，力拔三座山，中华昂首环球惊！

面临满目疮痍，针对各类症结，千废俱随日月兴！

岂怕云遮雾障，敢教风调雨顺，望征程、柳暗花明！

四十余春改革，五十六族奋斗，终夺得、富国强兵！

新时代伟业，举世间奇迹，为天下苍生更康宁！

赤县悠悠，往事纷纷，镰锤旗辉盖汗青！

摊破浣溪沙·贺《诗天下》开版

冯敏刚

天下美篇雕玉栏，散花天女立云端。
万里春风吹正劲，播新颜。

师古师今师变化，长词短句忌清谈。
试问何来裁判者？待时间。

浣溪沙·贺中国共产党建党百年

冯敏刚

南陈北李定初衷。
沪会红船启战程。
开天辟地取一经。

大浪淘沙真金在，
雄鸡唱彻中国红。
改革开放近梦成。

满江红·百年斧镰

盛克勤

嘉沪相衔，此一刻、飞倏百年。
兴业当、彼时安晓，筑梦初喧。
望志风华皆正茂，变端无阻誓盟坚。
恰玉成、湖浪涌红船，掀赤澜！

风云幻，难尽观。
斗封建，战侵顽。
纵美盔援蒋，亦败偏湾。
卿本工农劳作手，自持主义捷频传。
据斧镰、复振大中华，应必嫣！

满江红·百年辉煌

江建平

放眼中华，全球赞、百年巨变。
曾记否、三山压顶，众贫磨难。
党立初心循夙愿，神州大地光明现。
信仰树、执政为人民，春无限。

耕地制，终改面。
思想放，征程炼。
看桥楼车路，蓦然成片。
揽月登天云可渡，克艰化险威能建。
新时代，赏朗朗乾坤，辉煌羡。

惊 蛰

子 川

春来无事种花忙，
碎剪雨声身后藏。
半岭浮云风作伴，
满溪流水月同行。
斜晖眺远何迂阔，
白发登高老益狂。
辛丑但能驱旧病，
惊雷一记好单方。

录《惊蛰》诗，贺《诗天下》（诗词版）创刊。

小满特写

高　昌

搜遍山巅与水涯，
风光晚照牡丹花。
残红落尽香余我，
我捧心头一片霞。

贺《诗天下》格律诗版创刊

高　昌

清韵随春响，
美篇传好音。
山桃染红透，
岸柳渡青临。
旗弄潮头浪，
诗连天下心。
抡才奋椽笔，
镕古铸于今。

次韵子川《浣溪沙·秋辞九阕》寄赠（其八）

罗　辉

青眼白头思管宁。
迎来霜月霁光轻。
一枝落叶不吭声。

笔下无尘无雾障，
心中有梦有明灯。
莫言清影自归零。

《诗天下》出刊志贺

张福有

佳讯飞时雁一空，
春分乍到带春风。
牛耕沃野诗天下，
墨染奇葩韵府中。
雅集邀来篇色美，
畅吟推出浪声雄。
大江歌浩传情远，
北调南腔逸兴同。

临江仙·春日迁居前别西山梅亭

王海娜

小坐林中峰影下，陪花等待黄昏。
满亭佳气自然薰。
时光拐角处，想起一些人。

远黛轻洇疏墨里，悠然鸟语酥魂。
夕阳温雅似芳邻。
依山光彩在，万物亦风神。

西安别友

武立胜

岁岁风裁绿万条，
今年此刻惹心憔。
花间芳梦逐花逝，
雪下冰魂伴雪消。
情笃非关堤上柳，
舟轻未赏岸边桃。
自兹挥去长安泪，
不敢回头看灞桥。

秋 兴

佟云霞

遥看流云燕入晖，
田间稻熟雁风微。
当年也共挥镰舞，
故我重来拭泪飞。
痛失岁华春不再，
强留梦想事多违。
谁能解语山冈上，
几簇花开瘦与肥。

蝶恋花·雨后

周燕婷

一缕晨曦生雨后。
燕子多情，梁上呢喃久。
讵料残红犹恋旧。
迟迟不肯随春走。

梅子黄时香欲透。
未及伤春，补个愁时候。
曲岸柔条新绿瘦。
风前惯得牵人袖。

鹧鸪天·庆祝建党 100 周年

钟振振

十级风掀百丈涛。
泰山一笑对喧嚣。
舰巡岛链西沙远，
网覆寰球北斗高。

天可路，海能桥。
动车掣电走惊飙。
中华速度今何似？
奔月船飞箭在霄。

西柏坡颂

谷万祥

兴亡史上预言多，
破例唯从西柏坡。
万里长征驱旧制，
千年赶考出新科。
清风涤荡周期率，
警句传承次第歌。
圆梦寻根今有主，
红颜不改是山河。

日光蔬菜大棚

刘　卿

新型技术惠农家，
效益观光两不差。
连片畦中栽绿景，
成条网上嫁黄瓜。
一棚春意舒苗圃，
满架香风落豆花。
假日悠闲餐秀色，
篱边小饮乐无涯。

梦回故乡

金国旗

红蕊争芳石榴树，
青蛙竞入藕花塘。
绵绵岸柳迎归鸟，
袅袅村烟送夕阳。
深巷纷嚣鸡犬鸭，
小桥拥挤马牛羊。
依稀声切谁招我，
门口翘望候老娘。

孤 寂

原作：（韩国）李时英

白话诗译：徐黎明 汉诗译：胡彭

听鸟深山里，
怀人叠嶂中。
红尘不相见，
唯见白头翁。

注：白头翁既是花也是鸟又是人，三关。白头翁花语：日渐淡薄的爱；白头翁鸟喜群居；白头翁为老人。

题大明湖

赵景华

大明湖水碧，
潋滟胜瑶池。
轻浪摇堤柳，
长风拂竹枝。
蛙羞懒开口，
女乐欲吟诗。
千古一寒鉴，
深藏多少奇。

夜游清江府

张晓强

画舫横波大运河，
清江府畔荡离歌。
沁香暮色恨时短，
近水文楼别梦多。
两岸亭台观故月，
一川烟墨胜危峨。
归来已是他乡客，
过尽千帆又几何。

琴　台

叶文福

琴台寂寞草牵蛛，
子夜冰寒亡命孤。
曾拨昆仑弹汉水，
曲终不见楚樵夫。

念奴娇·春望

——辛丑初日登米芾书法公园瑞墨轩感赋

言恭达

长山十里，正烟岚清净，弥馨萦碧。
镂月裁云群玉引，镇日毫挥朱壁。
松桂竹梅，山林海岳，宝晋南宫客。
书彰峻节，骨坚堪拜奇石。

半壁兰芷烟霞，苕溪蜀素，点染英光赤。
阵马风樯千古笔，诉说中华文脉。
解梦琼轩，高标妙谛，米氏云山画。
放怀今古，谁人赓摄魂魄？

春日遐思

陈太富

儿梦依稀记忆中，
春来常去石桥东。
闲临碧水青芜岸，
静看斜阳白发翁。
风雨经年终不忘，
丹青满纸总难通。
人间正是桃花艳，
流水无情载落红。

临江仙·咏洋湾古戏台

徐于斌

舞榭移来偎秀水，水边十里樱红。
梨园菊部有遗踪。
凉州敲玉石，金帐动春风。

扰攘红尘多少事，都来粉墨场中。
优伶檀板定奸忠。
杏梁归燕子，雅乐忆黄钟。

小桃红·过节

王裕禄

儿时过节乐开花。
喜有鸡和鸭。长大常因事忙罢，赶回家。

邻居门上红联挂。
烧锅乱抓，加酸添辣，仓促慰馋牙。

2021 年第三期：24 首

登曲靖城楼

施蛰存（1905—2003）

投荒万里岂疗贫，
荷宿星餐已苦辛。
谁会登楼王粲意，
白云亲舍满倭尘。

翠湖闲坐

施蛰存（1905—2003）

斜阳高柳静生烟，
鱼跃鸦翻各一天。
万水千山来小坐，
此身何处不随缘。

谪居山阳有感

常国武（1929—2017）

此身虽在已堪惊，
且向山阳载酒行。
材不材间甘晦迹，
味无味处自忘情。
空堂坐觉浮云定，
静院时闻好鸟鸣。
何用逃虚寻藕孔，
我心平后路皆平。

建党百年感赋

蒋定之

筑梦前行正百年，
初心依旧自红船。
征途已绘千重锦，
仍把春风缀四边。

西江月

蒋定之

慈善事业上为政府分忧，下为百姓解难。写在江苏省诗词协会与江苏省慈善总会举办“江苏慈善杯”诗词大赛活动之际。

大德向来行善，
大治唯在平安。
扶贫济困解危难。
社稷苍生两担。

最是病身堪痛，
更须助力伤残。
莫教愁脸夜无眠。
万户千家细勘。

咏慈善（三首其一）

盛克勤

经诗咏唱传千年，
性善人初乃首联。
教化无非求固本，
学行有是步人前。
几多富贵堪言富？
些少怜悲亦爱怜！
今古高评同一道，
从来慈悯撼心弦。

老　牛

沈　鹏

老牛脾性最称犟，
俯首岂甘鞭劈扬。
为有世间多疾苦，
犹将脊背问天良。

获百零六岁作家马识途封笔告示感作

沈　鹏

士人之笔苟言封？
雨电雷霆叩上穹。
欲罢未休心暂歇，
自强不息意无穷。
《夜谈》老马龙门阵，
故事新编闾巷中。
宁教封存真语塞，
管城在握失天聪。

注：《夜谈续记》为马老封笔之作。

沉痛悼念陈永昌同志

刘家魁

客居虽瞑目，
不死是乡思。
魂应如乌鹊，
盘旋觅故枝。

碧花园学圃

周　达

岂曰无能方种蔬，
人如龙凤亦挥锄。
英雄何止操同备，
大野但余丘与墟。
空负一双修月手，
闲翻几卷养生书。
山居不必歌长铗，
食有鱼兮出有车。

水乡屋居前

安全东

学陶诚不易，
问稼亦欣然。
挑担力犹及，
挥锄老愈坚。
泥膏融雨露，
禾梦正清圆。
往事殊草草，
为农二十年。

【双调·沉醉东风】童年忆趣

王晓春

常记起林间戏耍。
总难忘月下偷瓜。
抢嫁娘，骑白马，
入洞房抱个娃娃。
乐得哥哥脚下滑，
莫不是当年犯傻？

临江仙·忆同桌的你

卢冷夫

寂寞春痕留纸上，光阴指点青葱。
中州灯火笑声融。
卌年情不禁，回看那时红。

辫发垂肩人远近，如花如梦如风。
堪将忆处写朦胧。
君心争似我？晴雨入诗中。

先　锋

邹　俊

映日丹心慕圣贤，
拓荒砥砺为春天。
同舟赶考真如铁，
一路雄歌再续篇。

浣溪沙·山村

何　鹤

信手篱边摘野花。
小桥流水浣溪沙。
石头房子是谁家。

乍起山风先上岸，
斜持竹篓慢捞虾。
也听鸟语也听蛙。

浣溪沙·闲居

宋善岭

扁豆辣椒栽屋前。
游蜂舞蝶闹花间。
阿猫阿狗更堪怜。

墙矮何妨人久住，
鸟喧不碍日高眠。
春风小院自超然。

车过黄河故道有思

李迪生

摇篮九曲孕神州，
草碧花红不胜收。
汉冢秦陵欺画卷，
唐诗宋韵铸春秋。
涛声依旧千年水，
时事更新百代侯。
自打炎黄编历史，
潮头勇立最风流。

芦芽山悬空村

魏德君

云雾山腰十几家，
手刨肩挑植桑麻。
卯时方别峰间月，
酉后忙迎岭上霞。
野果雉鸡烹美味，
山花泉水煮新茶。
神闲气逸心恬静，
远去嚣尘乐自遐。

南京辛丑年春节漫吟奉赠亲友

孙汉洲

古都沐朝晖，
春归岭上梅。
黄芽孕柳丝，
生机蕴芦苇。
绿草阡陌生，
阳气勤鸟催。
辞旧心千结，
迎新酒一杯。
往者不可谏，
来者犹可追。
目送江流去，
且待紫燕回。

水龙吟·溱湖鸟天堂

王庆农

碧流雪浪无垠，软风吹过娇红萼。
青苹翠蓼，黄芦白荻，也曾萧索。
放眼新园，鸥翔鹭集，翩跹丹鹤。
有遏云高唳，声声在耳，穿林杪，回亭阁。

记否溱湖旧约！
喜归来、仙禽灵鹊。
乌龙斗罢，清波重现，尽除污浊。
绿色天堂，鸟儿世界，毋羁毋缚。
正欢鸣巧啭，问谁能够，识其间乐？

辛丑夏日步韵子川先生《高阳台·忆莲》

孙　燕

菡萏微红，蜻蜓悄立，正逢夏至前缘。
暑雨凭天，蕊中自有清泉。
迎风起舞霓裳乱，不由心、零落桥边。
溅斜阳，碧托珠沉，柔似妃眠。

曾经晓梦云烟去，竟不知何处，几度华年。
高柳金黄，寒蝉只作低叹。
芬芳一瞬成枯影，惹闲愁，折伞犹圆。
若来生，还是伊时，还是伊莲。

溧阳天目湖

张力航

天开慧目拾湖山，
截取风光不一般。
挹海淘江收翠巘，
青莲三顾不思还。

思王安石之任常州知州

偰　帆

纵然执拗性奇偏，
无愧清廉自是贤。
难料周知行不适，
分明都与半山边。

赞学科孵化机制

张愚非

春雨润常州，
当真第一流。
高科孵创意，
大器重潜修。
蓄锐射潮箭，
占先追日鸥。
挚情风万里，
助力傲云头。

2021 年第四期：35 首

怅　望

沈尹默 (1883—1971）

东南金碧人烟濛，
怅望还期一水通。
珠络香鞋闲宝马，
私书芳意约征鸿。
梦中草色沉沉尽，
醉里霜花旋旋空。
剩与海棠寻旧约，
断肠无奈夕阳红。

野　兰

林散之 (1898—1989）

天赋清奇碧玉姿，
岭梅开落正花时。
香飘夜月留三径，
兴寄东风占一枝。
素性只知安淡泊，
贞心原不恋荣熙。
红肥绿瘦浑非识，
斜倚黄昏有所思。

沁园春·写在纪念毛泽东主席诞辰 128 周年诗歌朗诵会上

蒋定之

千古垂名，万世巍巍，日月润之。
念累累勋业，风云叱咤，狂澜不倒，天铸英姿。
八角楼头，井冈号角，点检罗霄问鼎师。
长征路，四度翻赤水，酣畅淋漓。

东方拂晓征衣。
人道是、今胜昨已非。
喜精神犹在，初心犹在，复兴梦想，剑指多时。
百十年来，神州砥砺，纵有危机路未迷。
尤堪赞，是新义执手，筑太平基。

注：润之：毛主席字润之，此处为双关语。新义：新的思想。

沁园春·怀念

盛克勤

星汉恒怀，宇浩普祭，世共仰之。
自湖湘动出，工农潜入；深耕村野，伺取城姿。
小米缨枪，长征壮举，主义弥坚成虎师。
扼三八，扬长津威武，国立酣漓。

毕生未解戎衣。
向世界、制衡携亚非。
拒列强双霸，一星两弹；解冰美日，除暮佳时。
弃旧图新，前行后预，文化犹思欲破迷。
泽东者，为东方古国，竭泽新基。

沁园春·纪念毛泽东主席诞辰 128 周年

仇中文

红日垂光，葵自倾之，藿亦向之。
望三山五岳，千秋竞秀；五湖四海，万物生姿。
岁月增华，神州溢彩，旋转乾坤再誓师。
初心在，绘尧天伟业，椽笔淋漓。

前行未解征衣。
何惧那、枭鸮弄是非。
敢迎潮奋进，富民乘势；披荆改革，强国匡时。
风正帆悬，业艰志壮，水阻山拦路不迷。
今赶考，为中华邦本，执政根基。

采桑子·唱和

仇中文

南山红叶增行色，丽日秋光。
丽日秋光。
陶菊分金桂子香。

群英荟萃敲唐韵，韵味悠长。
韵味悠长。
江左骚人意未央。

采桑子·唱和

子　川

撒诗成岭南山秀，你我身旁。
万世流芳。
遍地黄花染梦乡。

昭明文选仍微笑，神采飞扬。
千古飞扬。
城市山林生暗香！

风入松·边关潜伏

刘庆霖

乌啼零落不堪听。
夜半伏边庭。
凉风吹拂钢枪管，刺刀上，一点流萤。
蛛网分沾草露，界碑爬上虫声。

风流年少亦多情。
手握大山青。
以身焐热边关土，五更时，撤走如星。
脚印微茺月色，眼窝深陷黎明。

咏赞中华慈善

罗　辉

中庭月色总难匀，
华表生辉尚济贫。
慈竹有心裁一笛，
善缘无价聚千金。
源泉澄碧自消渴，
远树枯黄当问津。
流响连天波浪涌，
长风万里动胸襟。

【双调·水仙子】贺学会新网站开版

张存寿

改头换面敞新怀。
一键轻敲天地开。
功夫都在荧屏外，虚实两不猜。
点击流、汹涌成灾。
猫不傻，鼠不呆。
乐呵呵网尽诗才。

《江海诗词》公众号运行百期

宋彩霞

最忆寒深竖将旗，
诗潮十万雪花诗。
莫嫌不见风流海，
中有珠玑一百期。

《江海诗词》公众号运行百期

张福有

清早南窗音讯真，
月圆时节贺声新。
江边弹柳摇诗色，
海上明轮惹韵神。
醉墨如推池外客，
贪吟还数网中人。
竿头百尺犹须进，
绝顶凌虚歌吉辰。

胡楼新村

刘能英

节地数千坪，
安居三百户。
高楼肩并肩，
合抱村支部。

洪州家外家酒楼饯别仰斋夫子

熊盛元

休说梦中梦，
醉吟家外家。
深杯浮绿蚁，
老树着幽花。
珠迸胎能夺，
薪传意自赊。
一鞭归路远，
芳草接天涯。

书　学

王宜早

书学崇高万古文，
每提纤笔气干云。
茫茫一画开天日，
历历千形具象人。
毫软固多奇怪出，
风流岂独素狂存。
滔滔谁是终评委，
小小星辰宇宙心。

观阅兵

朱思丞

刺刀千列日边来，
口令如雷云际开。
也着青春迷彩色，
东风挤上阅兵台。

乡间所见

朱思丞

千畦叠翠值春忙，
满眼风光意自昂。
浅种深耕人着色，
轻声慢语手扶香。
秧苗地里情难禁，
致富门前梦起航。
裁锦披霞花满路，
乡村换了入时妆。

渔家夫妻

侯明铎

一棹扁舟慢慢划，
夕阳落下半舱霞。
微风轻动河边柳，
沙露低逐浪中花。
妇逮网中潜水鲤，
夫捉舷外跳波虾。
月将升处收工去，
苇荡河堤梦里家。

沁园春·赤壁寄怀

张少林

叱咤风云，荟萃群英，水拍战歌。
有声威绝世，名扬千古；江流浩瀚，气壮山河。
一揽神州，三分鼎足，锤定余音耐琢磨。
留青史，冠兵书典例，咏叹良多。

星坛几识干戈。
看浪涌天边帆影过。
幸红崖烟迹，游人如织；轻舟泊处，岸柳婆娑。
历尽兴亡，和谐家国，再起宏图岂让他。
前景阔，正长空万里，日照春和。

慈善歌

施　霖

尊崇德礼善为首，敦懿躬行慈以先。
今我来思深慨慨，作歌一阕意拳拳。
溯流淳源何遐远，今古修途共接踵。
范蠡散金恤苦厄，东坡惠药促疴痊。
仲淹履践忧时士，张謇名归济世贤。
迈进开元新时代，中华慈善启宏篇。
相承一脉膺使命，积势创局辟坤乾。
江苏赓衍绽华彩，强富美高令名传。
广厦万间平地起，庇身寒士遍郊廛。
再无风霜交涕泪，但有暖流润心田。
鼎力助学百年计，希望火种纷燔燃。
兴教支边修庠序，草木葱茏春蕾妍。
抗疫赈灾救危难，众志成城解民悬。

驰援九域奔逆旅，送炭雪中担铁肩。
精准扶贫施实策，安居乐业梦同圆。
助残敬老扶衰病，朝蕊晚霞竞澄鲜。
追昔抚今情满溢，无疆大爱代绵延。
熙熙世相曈曈日，滚滚春潮浩浩川。
家国情怀斯至上，江山百姓民为天。
弘慈行善长襄义，大道无垠志弥坚。
福祉永绥殷泽久，锡兹纯嘏唱尧年。

村 居

孙长印

夜理诗词昼理苗，
村居一梦做通宵。
白云作秀来争宠，
好雨虚心去竞标。
炼句常赢师友赞，
修辞欲把圣贤超。
田间待到新晴日，
补种春光过小桥。

临江仙·古城海州

陈宗照

孔望山巅看海，桃花涧里听松。
将军崖畔雾重重。
朐峰堆玉翠，旸谷裹云红。

阅尽沧桑城古，秦砖难挽时空。
琼楼春梦水流东。
天书谁识得，正沐雨和风。

过嫩江

边丽华

旅隙来游嫩江畔，
湍流东去玉波宽。
儿时故里今朝客，
哪朵浪花能歇鞍？

临江仙引·瘦西湖

刘红霞

秀丽，婉约，飘仙袂，闪明眸。
香浮柳岸亭楼。
有楚腰花下，望湖上飞鸥。
穿窗摄景，碧水潋滟，真造物能求。

二十四桥今古月，圆圆缺缺春秋。
取二分清瘦，载诗酒舟头。
凭栏但见倒影，怎堪窈窕扬州。

观汪曾祺先生书画展

卢文丽

公也才无敌，
萧然亦不群。
冬心门下客，
白石府中君。
花鸟鱼虫动，
诗书草木氲。
高山流水曲，
化作岭头云。

注：冬心，即金农。“扬州八怪”之首。

昔日桃花雨

董正元

淮左桃花发几行，
谁邀云露弄春光。
借来一阵相思雨，
片片嫣红染霓裳。

兵　心

田　喆

不忘遥营草绿装，
胸怀家国守边疆。
淬成铁骨坚贞志，
练就军身硬脊梁。
戎马生涯情度曲，
风尘岁月苦飘香。
青春无悔关山月，
梦里依稀万里霜。

感卞和三献玉

莫　云

国宝和田玉里魁，
斯人泣血竟何为？
楚王三代淆真假，
卞氏两冤求是非。
赝匠无珠空有眼，
诬言有刃却无辉。
刖刑残酷衷难改，
始得相如完璧归。

青山曲·岛的情殇

原作：（韩国）都钟焕

意译：朱　霞　汉诗译：胡　彭

索世独立，千古悠悠海天。
朝潮夕汐，生灭几曾挂牵。
往来水鸟关关。
仰首雾鬓云鬟，相拥翠深红浅，年复年。
不舍痴念，昼夜萦绕洄旋。

悄悄相见，便幸福在眼前。
更留恋在心间。
那波涛的语言，是深情的呼唤，如这般。
日月双飞撵，天地共流连。

偶尔一凝眄，说是缠绵，不是缠绵。
只今销魂，都成追念。
解得相思，已然梦断。

题解：青山曲，名字来自央视二套的纪录片《大国建造》的主题曲《青山看见》，是笔者的一次尝试。

常春藤

原作：（韩国）都钟焕

意译：朱 霞　汉诗译：胡 彭

更无艰险阻前行，
断壁危垣勇者生。
不见人心畏难处，
千枝万叶已青青。

水调歌头·伊芦山

陶兴亚

怀抱大庵寺，背负六神台。
膝间梅骨枫影，广袖拂江淮。
曾供伊公结屋，继育钟离良将，千载曰蓬莱。
桃李岭头郁，云雾湿香腮。

三生石、藏军洞、惹人来。
大伊在望，双伊相拱不相猜。
今得多番料理，添得三分妩媚，风物夺头牌。
愿借烟霞地，一任老襟怀。

雪梅香·春雪

郑　威

妒梅柳，凌风玉屑扫长淮。
是莺花时节，春畦乱了安排。
尘眼才惊鬓新白，故园徒说燕归来。
怎消得，已冷藩篱，还瘦桃腮。

空怀。
倦行役，梦在家山，客在江涯。
造化无常，总教物事相乖。
清兴偏宜酒边尽，暗香都付去年开。
天心晦，漫道酬勤，端费人猜。

抗日山

刘畅征

凌霄一派英雄气，
啸傲烽烟抗日山。
松劲皆擎驱寇帜，
石坚俱垒锁倭关。
洗兵黄海张天网，
鸣角故园歼霸蛮。
碑碣无言铭史鉴，
枕戈不怠始安澜。

记以色列海洋地质暑期课程

张书涵

养生亲切在江南，
风物中东曾几谙？
晚眺目随平海月，
晨兴身在陡山岚。
倚窗握卷八方目，
临岳抚岩万古谈。
几緉平生屐用却，
始知辛苦有余甘。

春夜闻笛

江天心

冷竹扶宵起，
林清未寂时。
空山余鸟语，
远水蹙青眉。
梅向痴人落，
霜随倦客移。
畸零伤别处，
故地两相知。

2021年《江海诗词》公众号（66首）

诉衷情 ·写在江苏省诗词协会微信公众号上线运行之际

蒋定之

微波传信岁寒时。
平添一风姿。
踏歌吟咏寄趣，笑语意迟迟。

清洁地，碧莲池。
梦中栖。
无情物态，多情邂逅，满目新诗。

立冬夜寄值班执勤诸同仁

张友福

夜长逢夜冷，
狱内守通班。
月下齐披甲，
风中不卸鞍。
忠心柔似水，
壮志稳如山。
天黑到天亮，
平安才晚安。

浣溪沙·庚子清明致敬缅怀公安英烈

静　如

燕子柳丝街陌前。
清池艾草糯青团。
愁耽寒食冷炊烟。

云影分襟挥泪处，
逆行战“疫”铁肩宽。
苍松飞雪漱哀颜。

水调歌头·秦淮灯会

刘能英

光栏射河汉，万里引仙踪。
人间天上元夕，灯火古今同。
别有秦淮游舫，载满金陵盛况，行在画图中。
倒影接星岸，疑入水晶宫。

赏民俗，逛庙会，说年丰。
小桥拱月，花拥香馥路西东。
皮影空翻云步，剪纸祥添朱户，兽舞戏儿童。
此夜笙歌醉，犹唱五更钟。

南歌子·江南贡院

张福有

馆老随风雅，花娇满院芳。
流连明远致公堂。
赫矣走来，八百状元郎。

问古依阶考，知今举步量。
亭奇石怪耀魁光。
信是百年，时局一盘长。

来燕桥远眺

朱淑群

朱阁雕栏一望遥，
泮池画舫客如潮。
即今同赏秦淮水，
半在兰舟半在桥。

次韵子川《浣溪沙·秋辞九阙》寄赠（其九）

罗　辉

何以无声胜有声？
只缘青眼也能听。
江湖皓月更澄明。

落叶千秋银杏树，
冰心一片玉壶灯。
举头遥望石头城。

读军报文章《英雄屹立喀喇昆仑》

刘庆霖

血融钢铁护山河，
洒泪惊闻武止戈。
开满兵花边塞上，
忍观烈士墓碑多。

致敬祁发宝团长和壮烈牺牲的英雄们

张存寿

大国何曾先点兵，
干戈愈利愈和平。
制人在后称高手，
克敌当前出俊英。
半寸山河知赤子，
几身血肉固长城。
不思打且滚回去，
立我昆仑喝一声！

注：团长祁发宝在和越境外军交涉时怒斥："不想打就滚！"

诉衷情·步韵蒋定之会长贺全国“两会”开幕

徐崇先

新裁杨柳拂重楼。
万国仰神州。
扶贫功绩当记，一抹亿民愁。

千户暖，百花稠。
待丰收。
同谋大局，立马三军，旗舞潮头！

减字木兰花·见道边丁香芽知春来寄江南

胡　彭

一冬混沌。
误了官梅红萼信。
正恨春迟。
却见新芽点嫩枝。

去年故事。
笑说京中朱或紫。
忽念橙花。
应是香吹十万家。

南歌子·娘亲

马星慧

岁月磨弯背，时光染白头。
一声呼唤解乡愁。
温暖港湾，任我泊归舟。

数日柔情密，三餐爱意稠。
将离恋恋久凝眸。
再抱娘亲，欲语又哽喉。

写在三八妇女节

宋彩霞

年年东海送春归，
久蓄波涛欲告谁。
鹭唱流间无别调，
花开幕后倚青枝。
牛蜂犬带三分瘦，
曲赋人堪一半饥。
幸有女儿交旧在，
高情大爱未曾移。

诉衷情·步韵贺十三届全国政协第四次会议胜利闭幕

蒋光年

扬鞭跃马上层楼。
春色满神州。
协商监督议政，为国解忧愁。

增合力，建言稠。
庆丰收。
百年变局，复兴梦想，勇立潮头。

和言恭达先生《踏雪寻梅》

杨学军

夜寒日暖山融雪，
腊月陵前竞吐芳。
知是书家研墨早，
拼成七色入晨光。

拜会诗家徐精锐老师感题

郭通海

花开恰是竞芳时，
许久相约未敢迟。
吾剪春风揉作饵，
此行欲钓几行诗。

西江月·清明节凭吊无名烈士陵园

蒋继辉

有柏有松有墓，
无名无姓无乡。
人流不息自成行。
束束鲜花献上。

几座青山环绕，
半空群鸽翱翔。
丰碑洁白蕴光芒。
早把心灯点亮。

过润扬大桥

姜立新

淮左琼花正郁浓，
金山两座一桥通。
瓜洲西望横空渡，
疑似春江落彩虹。

金陵秋思

佟云霞

一览江天阔，
遐思无尽头。
南朝闻旷达，
东晋慕风流。
草没吴宫道，
雁过扫叶楼。
枯荣浑不觉，
明月鉴春秋。

咏阜宁范公堤遗址

杨益安

烟村耕作每相邀，
距海涛声百里遥。
高堰时移难捍海，
荒滩岁久可锄苗。
新陈世事沧桑换，
向背人心天日昭。
遗爱范公痕迹在，
千年依旧是风标。

金山寺思小青

何其三

众客嘈嘈我且停，
救夫情事得同听。
人人尽道白娘子，
谁会关心到小青？

再谒寺前庄赵朴初故居

梁　东

大道多容林下风，
家山犹是翠微宫。
百年诗刻当传世，
千古水云不记功。
每遣禅心开慧眼，
频传法雨寄深衷。
闲来小令论书剑，
一鹤凌空上紫穹。

辛丑清明致春和堂主人调寄《渔家傲》

俞　律

满目清明无点雨。
晨曦来照断魂句。
何处子规啼不住。
声声苦。
纸灰飞上青天去。

久矣未曾梦先祖。
难忘犹自忘归路。
花落春风知几许。
仔细数。
轻轻拾起献千古。

行香子·鲤鱼山

全艳艳

碧瓦轩窗。
竹影横墙。
鲤鱼山前小池塘。
柳芽轻吐，山涧梳妆。
恰时光剪，来了去，似家常。

夕阳到老，蹒跚步履，
奈明灯照也苍苍。
此时寂寂，诉与谁尝。
应有些诗，有些影，有些长。

春 游

李轶贤

忽寒忽暖落莺声，
陌上相逢不是卿。
我笑春风如过客，
春风笑我枉多情。

贺新郎·与诸友游江宁东山分韵得卧字

渠芳慧

裂罅惊天堕。
殢云寒、烟波恍似，六朝残舸。
亘古钧陶都一例，何况乾坤偌大。
认蝼蚁、壁观风火。
荏苒东山无悲喜，想言耕、执耒平功过。
龙且蛰，虎犹卧。

鸿心尽付鴂鹈可。
算从来、亡羊失马，几人曾贺。
慷慨引觞谈笑处，当牖梅英渐破。
说王谢、风流江左。
虚室只今生白也，向陬隅、素处真如惰。
浑不是，旧时我。

咏莫愁湖海棠

袁裕陵

莫愁湖畔是谁家，
俊赏年年二月花。
昨夜东风过淮水，
红云晓上绿窗纱。

城南旧忆

沙　丹

短袖旗袍竹伞持，
青砖小巷雨丝丝。
故家燕子归来晚，
已是槐花欲落时。

游中山植物园抒怀

李红彬

植物园中见绿茵，
长廊曲径别开春。
弄姿淑女平添色，
含笑情人相对亲。
白鸽乘风依细柳，
青山捧日共羲轮。
牡丹花放令陶醉，
月季芳菲独养神。

祝贺中国空间站天和核心舱发射成功

蔡大营

国委天和使太空，
瑶池殿上靓群瞳。
舱犹馆设星宫里，
待与仙人共办公。

悼袁隆平院士

仇中文

身扑田畴志在秧，
长沙五月降寒霜。
九旬国士倾心血，
只为人间不缺粮。

齐天乐·黄牛吟

严荣德

一身金甲双犄锐，悠悠吽声萦耳。
足踩污泥，肩背重负，糠草充饥无悔。
耕耘不止。
纵长喘吁吁，几曾言累！
一己何求？众生得饱足堪慰。

抽身傍渠饮水。
掉头频舐犊，权作休憩。
老卧桑丘，凝望麦海，咀嚼今生滋味。
唇含笑意。
况磨碾犁耙，已凭机器。
乐得归闲，坦然斜照里。

游兴化水上森林公园

何培树

森林一座浮河上，
满眼池杉耳目新。
才见枝头飞白鹭，
又乘竹筏作游人。
鱼翔荷下娇姿隐，
蝶舞花间振翅频。
养性修身诚可贵，
不如来此洗凡尘。

思游徐州云龙山

张紫薇

梦中游史册，
晨色露稀微。
万石横龙脊，
千花绣素衣。
翠吟书院卧，
鸟跃水光飞。
云雾春山绕，
子瞻携鹤归。

建党百年上海中共一大纪念馆开馆寄怀

刘　任

初心始发地，
伟大开端时。
百载征帆远，
千秋大业驰。
面墙寻奥秘，
入馆释悬疑。
仰读宣言句，
为民志不移。

百年感怀

朱小石

笃行百载历程艰，
华夏旗开尧舜天。
似玉初心昭日月，
如磐使命鉴锤镰。
秉公立党无私利，
奉旨维民有诺言。
砥砺复兴圆伟梦，
新征再写大鸿篇。

满庭芳·咏湖海

徐于斌

1941 年皖南事变后，刘少奇、陈毅奉命在盐城重建新四军军部。为广泛团结各阶层文化人士，建立广泛抗日统一战线，陈毅亲自倡导成立著名红色文化社团——湖海艺文社，并写下大气磅礴的五言长诗《湖海社开征引》。改革开放以后，湖海艺文社复建，其光荣传统在盐阜大地不断发扬光大。建党百年之际，歌以咏之。

八十年前，四方鼙鼓，江淮千里谁雄。
忍看血泪，白日贯长虹。
慷慨诗成倚马，开征引、警世如钟。
波澜涌，泱泱诗国，一夜起罡风。

匆匆。
风雨后，深根吐艳，春意初浓。
振兴旧骚坛，共仰遗踪。
回首传薪接力，凭几代、沥胆倾衷。
书歌阙、情深湖海，碧水自长东。

蝶恋花·串场吟

徐荣娣

一水穿城凭远眺。
旧日唐堤，正被繁华绕。
石刻碑墙临晚照。
翠禽还唱盐淮调。

柳岸徘徊思未了。
古渎新城，记忆留多少？
应是南风催夏早。
榴红荷绿乡音好。

学党史有感

刘　中

精彩百年如画卷，
征程步步畏何难？
楼高万丈冲天起，
瑰丽河山在眼前。

诉衷情·贺建党百年

曹茂良

长风破浪主沉浮。
亘古莫能俦！
佳期俊彦又集，正自擘鸿猷。

风日好，管弦稠。
促行舟。
初心永葆，小康圆梦，奋楫争流。

大洋湾一景

李金凤

蒹葭白露伴秋霜，
觅我伊人寻四方。
远眺粉墙无倩影，
近询烟柳亦苍茫。
大洋湾曲杳如梦，
芦径乡音蜜似糖。
恍惚琵琶半遮面，
红裙飘过水中央。

水调歌头·中华天路

潘　莹

北斗惊寰宇，量子互缠绵。
蟾宫今借小憩，寒暑已无言。
月土三秋含露，旗帜五星闪亮，取宝诧神仙。
“天问”银河路，一步越千年。

东方韵，五洲曲，太空缘。
巡天幕后，多少长夜不成眠。
莫叹勘天道远，潇洒苍穹漫步，往返任情翩。
天道酬勤事，梦绕九重天。

注：天问，天问一号。

扬州讲坛作大运河与《诗咏运河》讲座

周文彰

河通南北已千年，
始有诗书串简编。
诵入星云花雨散，
归来喜见艳阳天。

注：2021 年 7 月 18 日上午 9:32 作于从扬州到镇江途中。讲座昨天下午 2:30—4:30 在星云大师创办的鉴真图书馆举办。

满江红·闯封锁线

方祖岐

奔涌江边，封锁线、夜空残月。
沉寂处、蛰雷惊起，暗云撕裂。
呼啸敌机迎面吼，长空倾泻千吨铁。
烟火漫、英烈舞忠魂，江声咽。

异国事，情意切。
飞热血，鲜花结。
看林山原野，土焦灰沸。
抗美战场初洗礼，援朝征途争攀越。
中华魂、浩气贯云天，勋名烈。

注：“奔涌江边”，指朝鲜北方流经平壤的大同江。

拉练归营吟

王子江

千里行军万里风，
相随战士入兵营。
营中说起途中事，
留守红旗鼓掌听。

行军过金沙滩

武立胜

驿路风吹草木苍，
镝鸣深处感时殇。
当年恨有潘仁美，
眼下惜无杨六郎。
宋帝辽皇终逝古，
羌骑胡马已回缰。
从今若问封边事，
看我铮铮一杆枪。

军　号

肖正平

悠扬激越辨分明，
碧浪黄沙待令征。
谁使丝丝皆入骨，
凭空生得破云声。

菩萨蛮·词援扬州抗疫

潘　泓

一城花事争红碧，
一时警讯驰书檄。
伐敌聚雄兵，
征衣人满城。

爱他风物好，
勠力新冠扫。
明日瘦西湖，
依然画不如。

七夕秋雨

李　北

吉时云路隔，
夜雨动波涟。
泣别倾天泻，
萦思一线牵。
人寻卿士月，
鹊续伯牙弦。
霁日千杯酒，
补回今世缘。

改革开放赞

林　峰

南天鹏翼起新程，
来听春雷裂地声。
感岁忽惊时事改，
擎天应赖碧虹横。
风开云表光华灿，
月下楼头海宇清。
再借芙蓉催晓色，
绿荫十万作歌行。

过鄱阳湖

魏新建

荻花荷叶老，
零落向秋深。
浪涌连天雪，
云遮远岸岑。
鹤鸣风乍起，
渔火日初沉。
古渡霜枫染，
月升诗满襟。

定慧寺

谢启芝

芳园翠碧不须寻，
草木清幽禅意深。
秋夜轻盈花睡去，
无边月色静人心。

采桑子·唱和

徐　乐

江风梅岭群山近，花倚亭旁。
水润清芳。
千载诗涛漫韵乡。

秋光不老传今古，壁上堪尝。
笔下堪尝。
一卷新词带墨香。

敬和杨学军老师贺神舟十三号发射成功

朱益标

嫦娥舒袖舞苍穹，
星汉高扬中国红。
半载倾心追绮梦，
此行无日不春风。

参观如皋港有感

杨寄华

自古东皋无大港，
终难富庶振家乡。
而今福地连江海，
汇聚财源梓里昌。

深秋感怀

沈　扬

深秋霜染菊花黄，
落叶凋零丹桂香。
南雁长空云雾卷，
朔风碧野意寒装。
登高眺望思亲远，
荏苒时光念故乡。
翁妪西阳颐养度，
同归益寿护安康。

记游花果山

张幼鸣

水帘洞外一瓢泉，
四面影摇声错连。
常有山猴寻寺出，
每随野鸟过街边。
墨香小径多知己，
芸草层台聚众仙。
玉竹金镶风里动，
惊疑大圣下青天。

醉蓬莱·花果山览胜

向　丽

望重峦叠嶂，峭壁悬崖，海疆横翠。
东胜神洲，锁葱茏嘉气。
玉女峰高，云台天阔，映佛光奇异。
遥镇洪流，风帆点点，蓬瀛千里。

花果桃源，水帘洞府，半卵飞来，石猴初世。
雪瀑灵泉，惹乱猕嬉戏。
铁索栏前，毛公碑下，赏摩崖神字。
古木参天，承恩坐处，撰西游记。

拜谒福田寺逢甘露

杨艳霞

雨落瑶池分外清，
耳旁隐约雀幽鸣。
荷花滴露凡尘洗，
铜塔放光香客迎。
安足当从禅悦起，
康宁自有福田耕。
石奇水秀林园雅，
挥墨吟诗画里行。

咏 菊

张传贤

花中君子誉，
篱下醉诗人。
杯酒频添兴，
秋霜不染尘。
傲然寒蕊俏，
清逸月华亲。
早把痴心许，
搬来作近邻。

忆军营秋点兵

邱建国

西风乍起旌旗烈，
演训沙场号震天。
迎敌设防攻正急，
抢关夺隘勇争先。
嗟今白发干戈枕，
忆往青春岁月燃。
纵是秋凉惊夜梦，
豪情不减胜当年。

鹧鸪天·游别寒山寺

江晚余

谁令行人觉后游。
拾方好梦醉中休。
寒蝉声里听哀切，
两岸风光已渐秋。

风振幕，月波流。
别歌未尽是心头。
晚来江客吹芦笛，
更起寒山千古愁。

寒山寺

杨建喜

年年流水送迢迢，
夜泊苏州魂暗消。
山寺霜钟同客寂，
诗痕月下对枫桥。

辛丑重阳有寄

马丙红

国庆又重阳，
金风送吉祥。
稻禾沉甸甸，
篱菊喜洋洋。
已感寒秋意，
犹欣落日光。
登高且吟啸，
所望是家乡。

深秋即景

左朝芹

草木染霜中，
飘零南北同。
天高平野静，
日暮远山空。
芦岸飞花白，
堤坡挂柿红。
秋光萧瑟处，
归客晚来风。

2021年《诗天下》诗词（48首）

浮翠阁

徐　静

斗拱飞檐翠点纱，
流光清浅入春茶。
涟漪散在浮香外，
碧水轻回白云家。

庚子冬过浮龙湖谒老君庙

江　岚

黄河改道自何年？
明代长堤久弃捐。
几处颓垣带乔木，
一时斜照满霜天。
峨峨犹有老君庙，
寂寂空余孟渚烟。
遥想临流柱史坐，
鸢飞鱼跃共陶然。

杏花风·与庆霖赏五瓣丁香

王海娜

小园过处春光涨。
不辨香源方向。
风里柳丝微荡。
偶见樱花放。

回眸五瓣丁香撞。
惊喜相呼同赏。
四瓣是人间长。
一瓣来天上。

春日寄怀

卢冷夫

新英及第搅诗肠，
五瓣同心梦里藏。
四面风来知我冷，
一川花送淡时香。
谁言碎墨低回报，
总有高情不设防。
无那撩人红欲醉，
相催春色早过墙。

遣 怀

俞 律

眼中驹足自匆匆，
春色年年一度红。
逢节不来思好雨，
弃人先去是东风。
乌衣旧巷燕还在，
芳草池塘梦未空。
千古大江流日夜，
无私覆物老苍穹。

晨

舒贵生

天孙织锦绣江南，
草绿林青湖水蓝。
万紫千红蜂蝶舞，
吐丝我欲效春蚕。

听唱《可可托海的牧羊人》

南　园

从古缘悭抱恨多，
青春儿女历天磨。
毡房苦酒空吟梦，
山谷悲风哭作歌。
骏马嘶鸣消息杳，
驼铃凄恻倩魂过。
几回听到情深处，
白发无端泪雨沱。

过苏州

徐晓帆

粉墙黛瓦接回廊，
一曲瑶筝兴未央。
纸伞斜开烟雨巷，
篷船摇过水云乡。
静听荷榭归期晚，
久倚枫桥别路长。
缥缈江南成画卷，
凭谁淡墨记横塘。

西江月·游龙脊

敬新谱

稻垄翻腾金浪，千梯直插霄霞。
白云飞处有人家。
竹屋柴篱入画。

竹舞情融瑶岭，歌笙吹绿山茶。
清风明月对流霞。
醉里将秋留下。

游金山

朱思丞

新绿浅妆新柳枝，
旋归莺燕不多时。
山偷黛色春来早，
梅递红香人去迟。
一径潮声通宝殿，
半窗残月照禅诗。
他年若遇白娘子，
邀与畅游情莫痴。

下乡采访乡村振兴

叶剑波

进村入户访农家，
一缕轻风一碗茶。
钟摆悠悠敲节奏，
菌苗静静透篱笆。
深情依旧乡音暖，
老酒微醺日影斜。
绮梦初圆密营里，
迷人春色已萌芽。

步韵剑波主编
《下乡采访乡村振兴》

金国旗

进村入户似回家，
促膝长谈一碗茶。
屡访鸡亲啄鞋土，
常来犬熟卧篱笆。
始知路远归心起，
不觉时光日影斜。
民富农兴安国本，
怀中故事已萌芽。

次韵子川《浣溪沙·秋辞九阕》寄赠（其三）

罗　辉

一抹云霞落幕红，
等闲霜色等闲风。
鸣蝉语寄可怜虫。

莫道寒林无锐气，
但知落木有雍容。
老枝啼鸟若晨钟。

贺江苏省诗书联袂百年讴歌大型展览成功举办

徐崇先

抗疫诗书良策动，
百年大展启宏图。
九千骚客倾心墨，
满纸珍珠出玉壶。
烟雨苍茫真理耀，
镰锤闪亮宇寰殊。
巡回山野乡亲影，
化作江河润物苏。

悼袁公隆平

潘　泓

双眸炯炯鬓苍苍，
耕尽朝阳与夕阳。
敢向精微探究竟，
是知优势在洪荒。
安民大计三餐足，
报国初心四季忙。
瀚海琼崖葱绿里，
一生写就一文章。

谨次文彰先生韵并贺迦陵先生荣获感动中国人物

林　峰

风骚元彩耀魁星，
如锦文山作画屏。
莫道河汾斜日晚，
满庭松影一天青。

悼陈永昌先生

盛克勤

高尊贯耳仰清名，
至憾神交陌面情。
新晋原期君借力，
而今谁共振希声？

庆祝建党 100 周年

钱万平

南湖一苇雾霾穿，
血雨腥风路八千。
情念苍生能盗火，
心忧社稷敢擎天。
斧镰开辟新寰宇，
睿智超乎旧圣贤。
行健水流知不息，
扬清激浊有源泉。

【越调·黄蔷薇过庆元贞】回微山湖知青点

黄玉庭

沐东风艳阳。
聚插队渔乡。
谁傍清波下网？
谁撵白鹅亮嗓？
〔过〕曾牵的渠水漫荷塘。
曾栽的柳树入诗行。
曾摇的渡口忆担当。
回庄。
茶未凉。
把盏味真香。

山坡羊·徐州云龙山

张福有

东坡行处。
西施藏处。
问谁今古同来去?
兴何如，赏天书。
传奇好作寻诗路。
携梦神游成韵旅。
云，龙欲舞。
龙，云似舞。

浣溪沙·岳朴生君赠春节牡丹

刘 征

柳未摇金河未开。
故人知我乏诗材。
挟风冒雪送春来。

未必太真真绝代，
由来大美不沉埋。
醉题谁是谪仙才。

西江月·大洋湾

王　兵

沧海几多遗玉，蜿蜒一水连环。
繁花荟萃大洋湾。
方揭轻纱初见。

忽念人间邂逅，常常泽畔花间。
心中美好梦中颜。
谁忍尘埃蒙面。

苏幕遮·且掷闲愁权作雾

朱　琳

竹边茶，蕉上雨。
阶下青苔，一路寻踪去。
零落琴音惊断处，
骤起千言，拟付红方絮。

墨轻研，香暗吐。
寸管徘徊，断续难成句。
且掷闲愁权作雾。
片刻困迷，散后何须顾。

扬州慢·寄语扬州抗疫众诗友

范诗银

三月烟花，桃花环水，柳烟飘过平山。
又熙春吹笛，幽篁响清弦。
广陵散、何时弹彻，五亭桥上，缺月声寒。
是秋初、数回惊梦，移枕难安。

古都城郭，竞繁华、无负千年。
纵十日腥风，青青荠麦，不死心肝。
挽手相迎灾疫，倾全力、共克时艰。
信扬州依旧，依然绿树蓝天。

浣溪沙·同心抗疫声援扬州

刘庆霖

闻道广陵新疠忧。
初秋忽觉似深秋。
西湖瘦在我心头。

不许二分明月病，
须知天下看扬州。
须知十四亿同俦。

赏花归来

陈永昌（1939—2021）

轻舟游弋菜花丛。
不辨东西南北中。
阵阵幽香清肺腑，
归来惊见袂停蜂。

卜算子·扬州必胜
用文彰会长元韵

高　昌

心寄一帆风，风向维扬送。
暂起层霾不掩明，不掩冰轮动。

烟水自从容，弦管勤珍重。
廿四桥边四海情，四海诗心共。

水龙吟·北京东四八条榴月写意

潘　泓

槐榆树树葳蕤，雨鸠初歇晴蝉唱。
栽红植绿，出恭入敬，国风街巷。
斑驳门当，龙钟廊壁，汉皇唐将。
允南熏解愠，东林放肆，月星落，云霞涨。

故事谁谈谁访。
但邻翁、纸烟相让。
曹刘论了，亮瑜争罢，豪情无状。
轰炮驱车，趿鞋赤膊，垒摧城丧。
甚关河暮日，旗亭晓雪，续熊罴想。

浪淘沙·夜雨

张凤军

窗外雨凝烟。
心事如团。
相思梦里越关山。
将士可曾归塞北？昔日营盘。

杯酒醉霜年。
把泪轻弹。
飔风吹过柳花残。
欲写战书无寄处，今夜难眠。

咏长城

丁　芒

群山锁起供磨刀，
砺我中华剑气豪。
枕畔千年风雨夜，
城头十万马萧萧。

商丘阏伯台烟雨中望开元寺口

韦树定

九十春光去不存，
空门钟鼓送晨昏。
连绵烟雨真灵剂，
洗尽江湖怨与恩。

扬州解封这一天

汪 雯

忽闻封解喜临头，
欲借新诗歌自由。
昨夜茹斋犹盼望，
今朝放足岂堪愁。
众邻不惧毒魔胁，
村女何担米袋忧。
一路清风来广道，
彩云万里共相游。

贺《江海诗词》公众号百期

徐崇先

江海川流日日新，
撷红裁绿有如神。
马车三驾并驱驶，
苦熬一群刊发人。

注：三驾马车指《江海诗词》《诗天下》及《江海诗词》公众号。

采茶女

田　子

纤纤细手忙，
坡上彩云妆。
晌午家门进，
背回一篓香。

和马凯同志咏海棠

郑欣淼

繁花老树拂西墙，
独占春光一段香。
夕月翻移疏密影，
朝暾映衬浅深妆。
每教明艳摩昏眼，
直欲清纯洗俗肠。
莫笑骚人吟不尽，
诗囊早已改诗筐。

卜算子・扬州必胜

周文彰

美引万人潮，又见瘟虫动。
病染乡亲变数中，隐隐余心痛。

众志筑长城，天网浑无缝。
看尔凶神何处逃，还我扬州梦。

同心抗疫感恩诗家（新韵）

吴献中

疫虐维扬暑尾天，
骚坛毛瑟助三千。
京都司号标音诵，
江海舒云鼓浪喧。
同韵同题同体恤，
一诗一卒一分担。
全歼未敢忘吟友，
叩首先躬再抱拳！

铭感中诗会和省诗协引领诗坛支持扬州抗疫事

周伦章

大纛招挥千万骑，
煌煌诗阵列兵奇。
笔如利剑长空指，
歌若冲锋号角吹。
强有放翁坚锐气，
得兼弃疾铁英姿。
欣酬忧国书生志，
铭感行人率众驰。

“十四五”时期中华诗词发展规划发布

徐　红

声声号角响云端，
韵界鸿图岂等闲。
小雅笙簧长接续，
大唐气象再回还。
红旗指处心潮涌，
青史移时诗路艰。
吞吐风云精品汇，
高峰万仞共登攀。

寒 露

杨万隆

秋虫声歇雁声单，
枫洗深红荷洗残。
淮上已从今夜起，
晶莹胜似月光寒。

采桑子·写在省诗协常务理事会镇江召开之日

蒋定之

秋风劲里重阳近，南岭园旁。
墨菊芬芳。
诗会声欢在故乡。

衷情细诉皆含笑，长也悠扬。
短也悠扬。
折取高枝别样香。

注：南岭，指镇江南山碧榆园。

采桑子·唱和

刘增昌

群山深邃通幽境，翠滴黄镶。
竹劲榆苍。
胜地繁华日月芳。

千秋风雅骚人赋，古也铿锵。
今也铿锵。
一指吟鞭任自扬。

重 阳

刘家魁

悬车不送雁南飞，
但敬黄花酒一杯。
枫叶初红堪暖眼，
酡颜白发笑斜晖。

欢呼神舟十三号

徐　红

广宇相期常往返，
东方巨响又飞天。
四舱一体筋连脉，
百族同心酒涌泉。
潜海耕云非梦想，
摘星揽月岂虚传。
神州策马神舟远，
变局之中自着鞭。

采桑子·用原韵和蒋会长贺省诗协常务理事会召开

荀德麟

碧榆盛会傍重九，篱上芬芳。
岭上青苍。
引领诗心唱采桑。

豪吟催出山山彩，万斛情长。
万缕丝长。
牵动阳春馨八荒。

秋吟西康路

佟云霞

青砖如册录文章，
竹隐诗坛敲键忙。
留得子孙谈旧事，
传薪你我在西康。

秋吟西康路

贺乃梅

清风一缕自云乡，
扯片红霞作嫁裳。
抛却凡尘多少念，
心甘诗梦植西康。

鹧鸪天·立冬日步韵蒋定之会长

杨学军

落雨纷纷天幕横。
竖琴带水弄弦声。
叶黄满目齐吹去，
荷黑连根待复生。

高岭过，小坡行。
应知何处是归程。
诗人犹恋秋风暖，
难怪新词出语惊。

临江仙·秦淮河

宗寿华

欲觅千秋故事，且乘十里烟波。
依稀灯影起笙歌。
六朝羞引舞，一梦绕南柯。

聚散几多粉黛，沉埋十万干戈。
乌衣朱雀燕穿梭。
鸥鸣消块垒，诗意动心河。